U0002319

國立彰化高級中學

NATIONAL CHANG-HUA SENIOR HIGH SCHOOL

CONTENTS

鼓勵

THE DAYS WHEN WE WERE YOUNG IN CHANGHUA HIGH SCHOOL

我在彰中的日子

比一百分更寶貴的事

施振榮

民國52年高中部畢業　學號 9128

我在彰化中學唸書的時候，其實不是個每一科都拿滿分的好學生，但是在彰化中學學到的東西，卻比這些一百分更為寶貴。

在那個實施能力分班的年代，一個年級有四班，功課最好的學生分在一班，其次是二班。我高一的時候就讀三班，高二的時候升到二班，到了高三才進入了一班。我的理科成績優良，但文科基礎較差，寫字又寫得不漂亮，連帶影響了我的文科整體成績，有一次還因為英文考得太差，我的母親特地來學校找老師討論。在家中我與母親相依為命，所以我很在乎母親的感受。有一次同學在教室裡面賭錢，我在旁邊旁觀，不久學校教官來抓賭，參加賭博的人統統被記了過，我想到如果我被記過的話，母親不知會有多麼難過，從這個時候開始，我一生絕對不冒超過自己能承擔的風險，更不做違法的事情。

在彰化中學裡面，除了校長翁愷先生對於我們學業的幫助之外，改變我最大的是蔡長啟老師。蔡老師在彰化中學擔任體育老師，之後他也擔任體育司長、台灣體院校長，自台灣體院退休後，成立駱駝文教基金會，長期培養基層體育選手，對提升國家競技力很有貢獻。蔡老師不僅教學方面熱心，對學生的生活也同樣用心。在彰化中學擔任訓導主任的期間，他能叫出全校學生的名字，即使我畢業了十幾年後再與他見面，他也還記得我的名字。他不只是位老師，更是所有學生的好朋友。以前我對體育沒有特別的興趣，蔡老師開啟了我對於體育的喜好，雖然我的體能沒有太過人之處，可是體育考試的筆試總是名列前茅，高二的暑假還特地到台北看四國五強籃球賽，看當時的國手楊傳廣、紀政等人練習。每天我都會去圖書館看報紙上的體育新聞，並且經常跟同學從事球類運動，因此在後來我考入交大之後，也擔任了排球隊隊長，並且舉辦了乒乓球比賽。體育是一種與人互動的行為，就算是球員人數最少的乒乓球都是兩個人的互動，對於像我這麼內向的人而言，是一個很好的人際學習。

在求學期間，我覺得風險最低的還是當個好學生，但是我認為所謂的好學生，並非純粹以成績為導向。在就學期間不應為了成績死讀書，而應該學習要多觀察、多接觸各種事物。求學的意義並非光只是學課本裡頭的知識，而是應該是去學習「學習的能力」，學習的能力來自學習的過程，以開放的心胸面對所有的可能性，即使有時成績不理想，都是一種很好的學習經驗。因為學習本來就是一種trial & error，由錯誤中學習，如果一個人只有考一百分的經驗，那麼他就只體驗了一種學習經驗，很多小時了了沒有體驗過失敗的人，日後真的遇到了失敗的時候就沒有辦法面對失敗了。很多人為了求得好成績而死背課本內的知識，但我個人認為，年紀輕時讀太多課本內的知識，很容易把這些讀來的知識當作自己的經驗，長期下來也就失去了獨立思考的能力與獨立創作的環境，如果求學的時候不懂得自己開發自己，一切都靠書本之內的知識求得分數，雖然這些知識本身都很重要，但是畢竟是別人的東西，老是靠著這些別人的二手經驗面對人生，就等於是被這些知識給綁住了。以我而言，我的文學的基礎比較差，不像有些背書背得很多的同學可以出口成章，反而日後寫文章的時候，一定要更加努力去挖掘出屬於自己的論點，靠自己寫出新的內容，而不是套用之前別人寫過的東西，這樣才能夠寫出真正的好的文章。

興趣需要舞台才能被發現，我的家境雖然不寬裕，可是母親很願意在我身上投資。在彰化中學期間，我比同年齡的同學享有更多的資源，舉凡腳踏車、籃球、躲避球，我都比同齡玩伴先擁有，高中的時候甚至迷上了攝影，參加了當時開在台北火車站旁青年服務社的函授課程，還買了一些暗房材料，把自己的房間臥室改成暗房。這些多采多姿的課外生活，不只豐富了我的高中生活，並且藉由這些課外活動的過程，學習、觀察到了人與人之間的互動。我在彰化中學的這段期間，奠定了學業的基礎，增廣了我的視野，學會探索這個豐富世界的能力，這一切我所學到的能力，遠比一百分更加珍貴。

助攻，更是一種成就

王振容
民國52年高中部畢業　學號 9086

彰化中學傑出的校友非常多，我自認在其中並不算是最頂尖的人才。不過，並不是非得天資頂尖的人才能獲得頂尖的成就，如果擅於運用自己的資源，兩個頂尖人才能夠互相搭配得宜，成就絕對不只雙倍。

我跟施振榮是鹿港洛津小學的同班同學，也是同一屆彰化中學的同學。不過不同於施振榮以數理為強項，我屬於思考型的學生，記性很好，擅長具象的思考、記憶與推演，不過相對地抽象的理解能力就較差。高一高二的數理諸如三角、幾何的成績也都相當不錯，但是到了高三，由於解析幾何運用到較多的抽象思考，因此成績略受牽連。高三下學期，班上有同學想要轉組，我想了一想，如果我的抽象思考能力不夠強，想必在這個領域中沒有辦法出類拔萃，不如當機立斷轉換跑道。因此儘管已經高三下學期，離聯考大約只有三四個月的時間，我還是決定轉考丙組（醫學、生物相關科系），因為各科的底子都不錯，因此也順利地考上了大學。

當年不流行各種才藝班，我的文字能力與記憶力，都是靠讀小說培養出來的。還記得小學二年級的時候，常去隔壁鄰居借書看，隔壁鄰居收藏了一大書櫃的章回小說，舉凡《水滸傳》、《三國演義》、《西遊記》、《東周列國誌》、《七俠五義》……等等，這些故事不但內容吸引人，小說中以文字描寫景色的變化、人物的性格與情節的推演，也讓我得以在藉由欣賞有趣的小說，增進了閱讀、記憶與聯想的能力，尤其閱讀長篇小說，讓人習慣串連大量情節，這對於增進大片記憶尤有幫助。在文科的學習上，大家通常最頭痛的是背誦文字內容，從小閱讀大量小說的訓練下，讓我的閱讀速度比一般人快，同樣的時間內，別人或許只能讀完兩遍，我卻能讀完五遍，自然能記得比別人牢。養成閱讀的興趣之後，我的眼界拓展到中外小說與散文詩篇上，各種文體我都能欣賞，因此文字的表達能力很強，這方面的成績好，成績獲得肯定，自然願意付出更大的努力，因此形成良性循環，讓成就感引領成績更上層樓。

除了課業成績之外，彰化中學非常注重體育，在蔡長啟老師的推動下，幾乎每個學生都精通數種球類運動。我當時最擅長的是足球、乒乓球與籃球。到了大學時代，還被邀請回彰化參加籃球比賽，以「潮聲隊」為名代表鹿港出賽。比賽中我領悟到一個道理，就是得分不必在我，能夠幫助隊友助攻得分，比單打獨鬥更能發揮力量。在籃球比賽中，光環固然大多集中在得分的明星身上，每個人不免想要成為注目的焦點，但是一個好的球員必須要能夠放下自己出鋒頭的心態，隨時留心隊友狀況，隊友有好的機會就立刻助攻，這樣對於整個團隊更有幫助。一個優秀的人才必須先是團體中的好成員，成為領導者之後更要協助周遭的人成功，而非一味地想要當明星，這樣成就會更大。

在高中求學階段，我認為該念的書要念，該玩的活動要玩，尤其對於人際間的友情更該用心經營。求學期間，好老師與好同學是不可缺的，很多人因為個性不合，排擠了許多本來應該保有的人際緣份。我的父親擔任貨運服務站站主任，從小我就觀察往來的販夫走卒，看到每個人不同的優點，使得從小我就對「人」有特別的興趣，大學畢業之後，我歷經農科、研發、行銷、管理，終於轉至人力資源的工作領域。關於人際關係的經營，我認為每個人都要理解別人與自己不同的必然性，要先去接受這種差異的可能，這樣才能看到對方的優缺點，進而成為一個互相學習的過程。

現在已經不是單打獨鬥就可以成功的時代，團隊合作與人際相處是現代每個人必修的科目，越早學習與人相處的藝術，越能讓自己成為優秀的人才。成名不必在我，懂得助攻，更是一種成就。

讓鳥當鳥，讓魚當魚

蔡志忠
民國52年初中部肄業　學號 9919

實施九年國民教育之前，彰化中學分為「初中部」與「高中部」，必須要經過激烈的競爭才能進入就讀。彰化中學是彰化地區最好的中學，能考進這個學校，全家都與有榮焉。我就讀的三村國小平均每一年都有一個學生可以考進彰化中學，當年三村國小一共五個男生報考彰化中學，只有我一個人考上。為了慶祝我考上彰化中學，平時極為節儉的父親特別宴請全家人去霧峰玩了一趟，還買了一個白書包，親筆題上「彰化中學」四個大字。媽媽則兌現考試前的承諾，每天給我一塊錢當作零用錢。在那個年代，學生之間最熱門的商品是一個半透明的鉛筆盒，加上一根尺、一枝免削鉛筆、一枝香水鉛筆、一枝有橡皮的鉛筆、一個刀片，以上全部加起來總共才三塊半，可見一塊錢在當年的價值。

彰化中學當時的校長是翁愷先生，他是我遇到過最好的校長，彰化中學跟北大一樣，是一個沒有圍牆的學校，翁愷校長對於這個學校的管理同樣採取關心但開放的開明精神，並以讚美重於糾正為校風。常有家長問我該怎麼教小孩畫，事實上我認為每個人的天分不是靠「教」可以教得會的，以我而言，我步上漫畫之路是因為畫了第一張畫的時候，身邊的大人就大加讚揚，所以我第二張就不敢畫不好，畫了第二張畫又獲得更多的讚揚，因此我更留心讓下一張一定要更好，這樣一路畫下來越畫越好，終於以此為終生的事業。由此可知，讚美是讓人進步的最大動力。

考上彰化中學的那一年因為高中部拆掉重蓋，少了五間教室，因此初一的學生只上半天課，上下午輪流上課。每天除了半天進學校讀書，另外半天我都在彰化市區裡面大開眼界。從小我就喜歡看漫畫，但是住在比較偏遠的地方，各種資訊畢竟比較缺乏，初一這一年每天有半天的時間在彰化市在各家書店裡頭大量閱讀各式各樣的漫畫，簡直像猛龍出海猛虎出閘，開了眼界也磨練了繪畫技巧。

在彰化中學就學期間，我的老師黃界原先生對我的影響最大。他曾經告訴過我們一個觀念：「不是所有的人都要走完所有的學程才能成功，也不是所有的人都要唸完書才能決定自己要做什麼。」自己是誰、要做什麼事、要當什麼人，自己最清楚。自己不愛自己，誰來愛？自己不了解自己，誰了

解？自己不挺自己，誰來挺？初二的時候我的漫畫已經畫得很好，初二暑假投稿到台北的集英出版社，對方回信要聘請我去當漫畫家，我從小學三年級就立志當漫畫家，有了這個機會當然不能放過，收到信之後，簡單地跟父親報告一聲，他也就讓我上台北，因此我辦了休學，結束了學生生涯，跟著在台北工作的二哥上台北，開始漫畫工作。

生命的意義在於讓鳥當鳥、讓魚當魚、讓水當水、讓雲當雲。我觀察到這個世界上所有的頂尖人物，如愛因斯坦、史蒂芬史匹柏、比爾蓋茲等人都不是各科滿分的學生，但是從小就在某方面展現出長才，他們朝著這個方向努力邁進，成為這個領域的第一名。俗語說：「勤有功，戲無益。」但是我認為：「勤無功，戲有益。」全世界最成功的人，他們都是在「玩」自己最擅長的技能，並且將這個技能發揮到最高效能。面對自己的夢想，光是空想是沒有用的。為了要成為漫畫家，除了看漫畫，我當時每天大約早晨兩三點就起來畫漫畫，創作量用「數以百計」根本難以形容，稍加估計，我大約畫了十三萬張的畫作。為了要畫一個造型，所做的嘗試不是畫五個、十個，而是試畫五百到兩千個，再從中間挑出最好的作品。如果作品數量不夠多，就沒有辦法挑出最好的作品。所有的頂尖人物平時的工作「玩」的都是自己的興趣，玩得再多也不會累，這樣良性的循環才能讓自己在專業領域上更上一層樓。

在人生的歷程之中，有順境也難免有逆境，如果人生遇到了挫折，比如留了級、考不好，都只是人生的一個小小過程，如果拉高視野來看，根本算不了什麼，何必為了這些挫折耿耿於懷？1992年我去新加坡宣傳電影《烏龍院》，電影公司在一個很大的百貨公司中庭舉辦簽名會，現場很多書迷將我團團圍繞，簽了一個多小時，中場休息的時候我去了百貨公司的樓上欣賞這個百貨公司的景觀，站在那棟大樓高處往下看，剛剛看來這麼擁擠的簽名現場，其實也不過是這個一樓中庭的一小部分，跟整個一樓來比，真是微不足道，而這也不過是這棟大樓的一個樓層。你以為的全世界，不過就是一小部分的一小部分。在一個既定的視野是看不到真相，只有將時間拉開，將空間放寬，才有辦法把視野拉高。逆境也是一樣，現在你看起來再大的困難與挫折，放大到整個長長的人生中來看，也不過是轉眼即過的瞬間，更長遠更美好的未來還在等著你。

敢於領先的企圖心

施崇棠
民國57年高中部畢業　學號 60350

我從初中部就考入彰化中學，之後直升進入高中部。雖然六年都在彰化中學渡過，不過初中與高中學得的內容有著本質上的差異。初中的階段是一種通才教育，讓學生可以在德、智、體、群、美，以及人文的素養上，有更平均的發展，並且培養對於生活美學的鑑賞力；高中則是大學的準備教育，此時開始分組，也要開始思考在專門的領域中的方向，這段由通才教育到大學專門教育的過渡時期，如果可以好好去思考如何讓自己突破，並且獨立思考、深入思考、追求創意，這樣高中教育才會達到它的目標。

由於家父為全國心算冠軍，也許是無形的影響，從小我就養成良好的唸書習慣，但不喜歡讀死書，記憶與背誦固然重要，但絕非求學最重要的指標。與其直接看答案、背答案，我更好奇是這些題目解答出來的思考邏輯，知其然，更要知其所然。我經常將課本蓋起來，自行推演每一個定理的證明過程。比如畢氏定理，在自行推演的過程中，我會想像畢達哥拉斯在兩千五百年前是如何無中生有，透過怎樣的過程與靈感，花了多少的時間與努力，才能夠推論出這樣的定理。如果僅僅只是看著課本上的解答，一下子就把答案背起來，不但失去了樂趣，也無法培養自己獨立思考的能力。

在中學的時期，我已經不只將眼光放在高中教科書裡面，對於未來要學的東西，我抱有更大的熱情，閱讀領域開始跨到數論、微積分、高等化學等大學參考書，儘管一個高中生要閱讀這些書籍的基礎還不夠，但是求知的熱情態度，使得我有更大的企圖心，讓我可以比同儕先一步接觸這些學問，閱讀了這些知識之後，才得窺研究領域的堂奧，眼光也才能比一般人看得更遠。升上高中的時候恰逢實施新教材，新教材的數學注重抽象觀念的理解，當時的老師喜歡用刁鑽的考題測驗學生是否能夠真正地理解領會，由於我已經養成了提前學習的習慣，在一片不及格聲中依然可以保持滿分的優勢。

儘管當年家境並不富裕，但是每日通學等待交通工具的時間，我經常去書店翻閱相關參考資料，有問題記下，

回學校後與同學或老師討論。在彰化中學期間，我幸運地遇到了許多好老師，我初三時的數學老師李祖名先生，對我的數學基礎幫助很大，每當我考試得了好成績，絕對不吝讚美，如果成績下降，他比我還傷心，在他的關心之下，在那個愛玩的年紀，我對自己的要求更加嚴格，成績也因此名列前茅。進入高中部之後李祖名老師恰巧成為了我的班導師，此時他拔擢我當班長，讓我有更大的表現舞台。

不過成績絕非高中最重要的事。考試與各種評分有其侷限，在這麼短的時間內是不可能找出真理的。它只是手段，但不是目的。所謂世界級的大師，他們在追求真理的過程中，都是得要投注全程的熱情與時間，這些不是分數可以評量得出來的。如果在高中時期，能夠再積極一點，不要被分數所掌控，敢於去追求真理，敢於去追求突破，敢於去思考不可能的夢想。相信自己，不要劃地自限，這樣才能夠成為第一流的人才。

現在的世界與以往有著很大的改變，大家開始討論「地球是平的」這個熱門思潮，每個地方都在談「動態專業化」。由於網際網路造成無遠弗屆的影響，現在的教育傾向重視追求突破，多用右腦思考，以便有更好的創意產生。所謂的「動態專業化」，是因為網際網路的來臨以後，全世界目前的競爭越來越激烈，且已經成為零距離的地球村，各地各國緊密相連，不管是學生、專業人士或各種身分的人，都可以藉由網路方便地獲得所需要的資訊。也因此，全球沒有一個地方居於保護傘下而不去思考本地競爭力的問題。反之，每個地方也都有潛力可以急起直追，躍居世界的龍頭。全世界對於創意的需求因而大增，在這個過程中，如何形成動態專業化的優勢，成為全世界每個地方都不得不去注意的重要議題。全世界每個地方，也可能根據它不同的特質，形成不同的優勢。產業的升級奠基於良好的人才與精良的技術，再加上創意的領先，就足以形成動態專業化的優勢。其中最重要的創意能力，就得從高中時期開始培養。

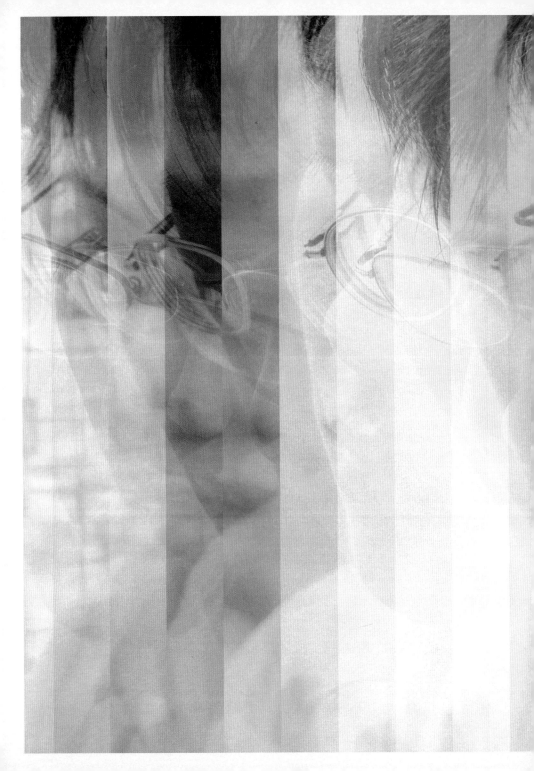

〇年後　　　　　　　　　　　　彰中青年圖像創作者即作品介紹

影像組

A計畫

周益田
林群紘
顧彝勳
謝曜謙

這部短片以一個彰中人的日常生活為背景，
衍生出一個不惜代價付出的故事。

雖然影片長度只有六分五十幾秒，但是其中許
多鏡頭拍攝過程頗有難度。印象最深刻的一場
戲需要兩位演員抱著轉一圈，不過拍攝地點在
八卦山牌樓下，那裡不但熱鬧而且交通繁忙，
圍觀的路人相當多，眾人注目的眼光讓演出的
同學感到莫大的壓力，因此NG重來了幾次，而
NG重來的時候又得考慮陽光反射的方向，也因
此使這段戲的拍攝更顯困難。另一個難度很高
的鏡頭是演員從彰師大騎腳踏車到彰中，由於
這場戲在大馬路上拍攝，而且拍攝者跟演出者
都在移動，所以我們請同學的哥哥騎著機車載
著攝影師拍攝，邊騎邊拍，相當驚險。除此之
外，有一個鏡頭要拍攝汽車碾過一顆在馬路中
央的蘋果，但在大馬路上當真用汽車碾過蘋果
可能會造成交通意外，我們為此煩惱了很久，
後來發現如果直接將蘋果由樓下丟到地面，碎
裂的蘋果與被汽車碾過的蘋果形狀相似，因此
我們決定先拍攝破碎的蘋果，再利用剪接的技
巧，讓它看起來像是被汽車碾碎，這才解決了
問題。

其實拍攝短片不需要花費很多預算，以這部
短片而言，真正的成本只有三顆蘋果的費
用，其他的道具、服裝都是跟同學、親戚，
甚至教官借的。

雖然現在已經升上高三，沒有太多時間可以
再拍短片，不過以後上大學之後，如有機會
還是會再學習相關課程，當作課餘的興趣。

（影片旁白）

這是一個關於一個愛與冒險（以及蘋果）的任務。

（影片旁白）

一個美麗的早晨，

一如往常的

勛

正出門上學去，

卻忘了帶午餐要吃的蘋果。

勛的媽媽委託熱心公益的隔壁鄰居

謙

務必把這顆蘋果送到勛的手上。

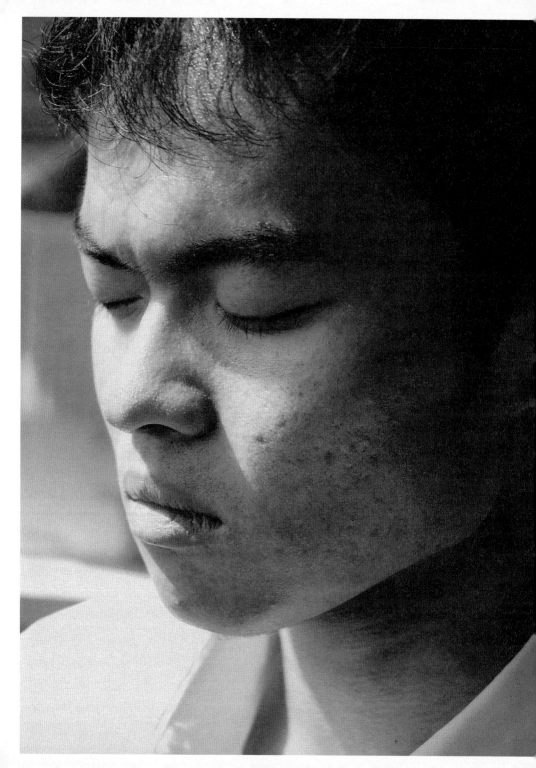

（影片旁白）
橫越千山萬水，
歷經百般艱辛…

（影片旁白）
眼看任務就要失敗，
就在危機的關頭，
竟然出現了一位神祕救星。

（影片旁白）

付出，是不計任何代價的，

任務達成！

影像組

當我們同在一起

蔡永興
曾相瑜
吳潤宗

為了參加性別平等教育網頁設計比賽，我
採訪了一位同性戀者，把他的真實故事寫
了一篇文章，想要把他的故事放上網路，設
計成網頁參賽。不過想到如果網頁上面全
都是文字會顯得過於單調，於是我們決定把
這個收集來的故事加以延伸改編，拍成短
片。這個短片劇情並不複雜，可是希望可以
透過一些微妙的小動作，傳達同性戀者跟異
性戀者一樣，在喜歡別人這件事情上，是沒
有差別的。

拍攝過程中遇到最大的困難在於拍片時正
大家升上高三，每位成員都面臨升學的壓
力，時間上很難相互配合。其次由於題材問
題，主角演出時經常忍不住笑場，尤其演出
床戲的時候，房間的主人、攝影師等一大堆
人在現場圍觀，讓演出這場戲的同學十分尷
尬，更難以入戲。

劇中主角與父母溝通這場戲，拍攝現場十分
搞笑，飾演爸爸、媽媽的演員各自脫稿演
出，尤其飾演父親的同學還把許多肥皂劇經
常出現的對白增加到這部短片裡頭，以致剪
製階段時超出估算的長度甚多，不得不重
拍。坐校車的一段也重拍了好幾次，這是因
為拍攝時無法請校車司機來回重開，如果沒
有抓準男主角剛下校車的鏡頭，就得隔天上
學的時候再重拍。

雖然遇到了不少困難，但也受到不少周圍同
學、朋友的鼓勵，拍片雖然很辛苦，可是拍
完之後有一種難以形容的快樂與成就感。完
成這個作品之後，對於拍片產生了濃厚的興
趣，班上畢業紀念冊的光碟我們也仿照短片
的方式拍攝。有了這次的經驗之後，有了經
驗與信心，日後有類似的短片比賽，我們也
會試著參加。

（影片旁白）

愛上一個人，

你會不時的想多看他一眼，

這也是為什麼我總是在下課時，

偷偷到他家附近閒晃的原因。

每每繞了幾圈，

就感到相當的滿足。

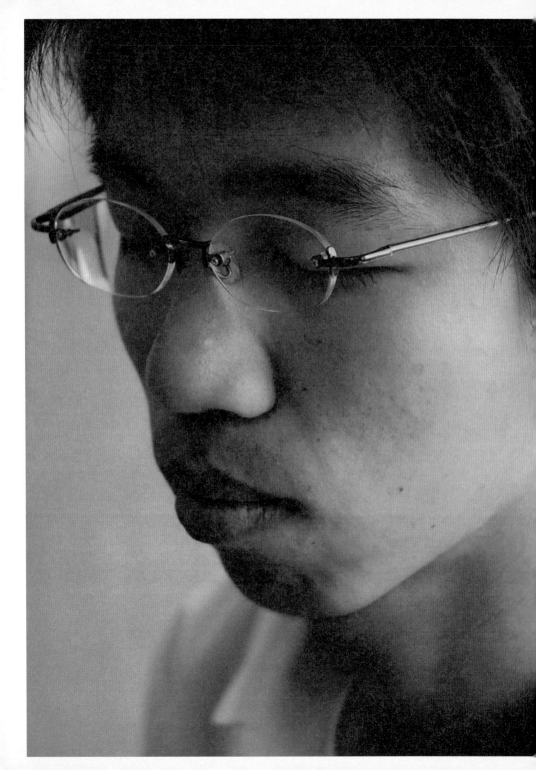

（影片旁白）

記得國中有一次為了要排演英文話劇到了他家，

雖然當時在他家，

我變得蠻焦躁的，

且是我一回到家後，

因為滿腦子都想著他，

直接進了房間，

想說睡個覺後，

應該就不會有如此強烈的感覺…

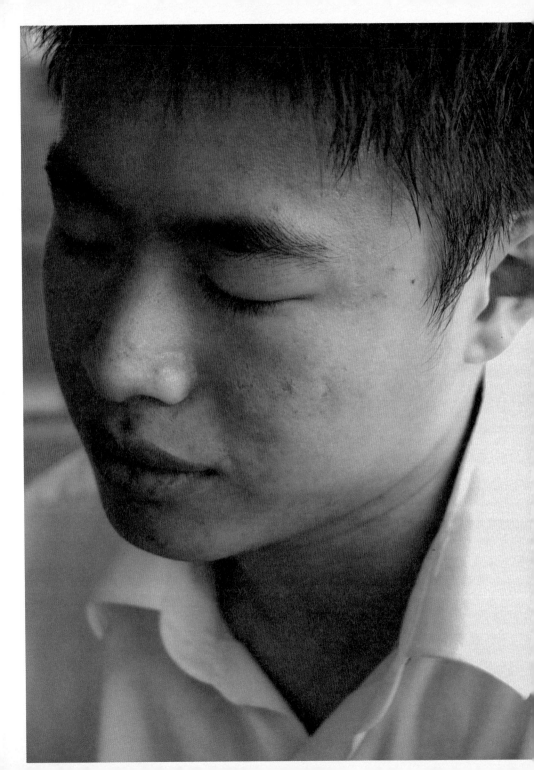

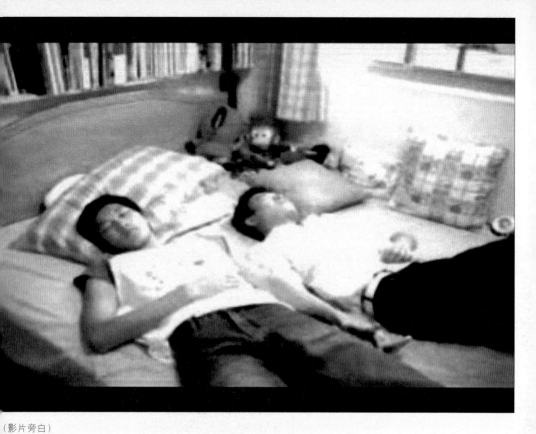

（影片旁白）

然而，

哪知道，

我將我的第一次給了他，

在夢中…

（影片旁白）

國三，

我和我暗戀的對象還處於十分曖昧的階段，

那次我們去看球賽，

他將我的手放在他的胸口，

我也主動牽起他的手，

但是，我們沒有正式開始交往。

漫畫組

成語三部曲

余承祐
黃崇軒
黃俊儒
顏　締

大家從小都背過不少成語，不過硬背起來成語，總是記得快忘記得也快，且在日常活中難以靈活運用，因此我們想要以漫畫方式讓讀者輕鬆學成語。這個作品作畫的間並不長，但構想比較花工夫。要把平常經八百使用的成語，轉換成搞笑的形式，在相當不容易。比如我們曾經試著畫出〈弓蛇影〉這個成語，雖然有了構想，可是畫的技法不夠成熟，沒有辦法傳神地表達物品在水面上的感覺，最後不得不捨棄這題目。除了技法的考量，笑點的連結也是索的重點，畫面的幽默感是使讀者印象深的關鍵，如果讀者無法領略，或者畫面之無法一氣呵成，就難以達到效果。

畫作中最滿意的作品是〈蛇吞象〉，這個作在執行上與構想上沒有落差，線條與感覺能傳達原始的構想。〈蜀犬吠日〉內容描一個日本使者三國時代被派到中國遇到吠，四個字語意與畫面雙關，不過這個作涉及人物的表情，因此也是繪圖技巧的一考驗。

為了完成這個作品，在思考創意的發想間，我們幾乎每天抱著字典翻閱各種適合成語，比準備考試還要用功。經過篩選後，大約挑了十個成語進行討論，不過最只有三個成語適合畫面呈現，並且能夠在間與規定的頁數內完成。
這次的活動結合了善於發揮創意的同學與於繪圖的同學，以分工合作的方式讓彼此長處可以盡情發揮，與平常獨立創作的美作品不同，經由這次的創作比賽，我們學到了平常難得的合作方式。

成語故事

三部曲

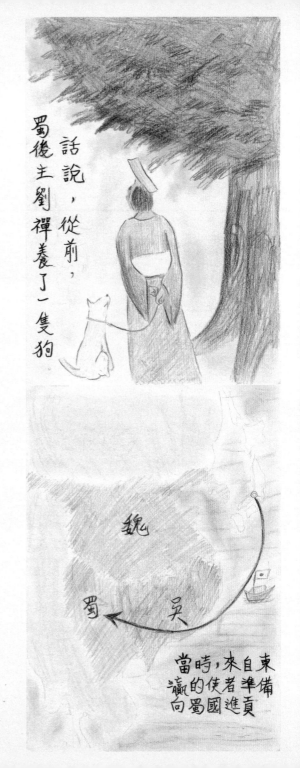

話說，從前，蜀後主劉禪養了一隻狗

魏

蜀 ← 吳

當時，來自東瀛的使者準備向蜀國進貢

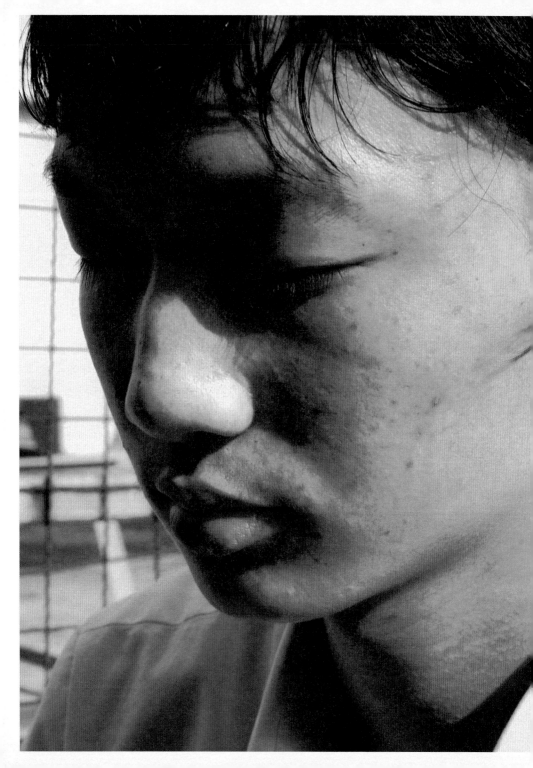

劉禪得知
相當高興
立即邀使者
入殿。

想不到，東瀛使者
一踏進門，小黃狗
就叫個不停。

劉禪大驚趕緊偵問百官為何會如此

稟告主公
正是蜀犬吠日啊

這時 蜀國第一政治家諸葛亮說話了

當頭棒喝

人心不足蛇吞象

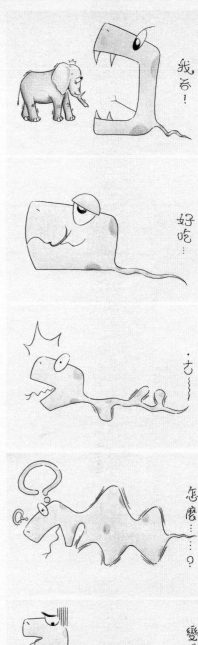

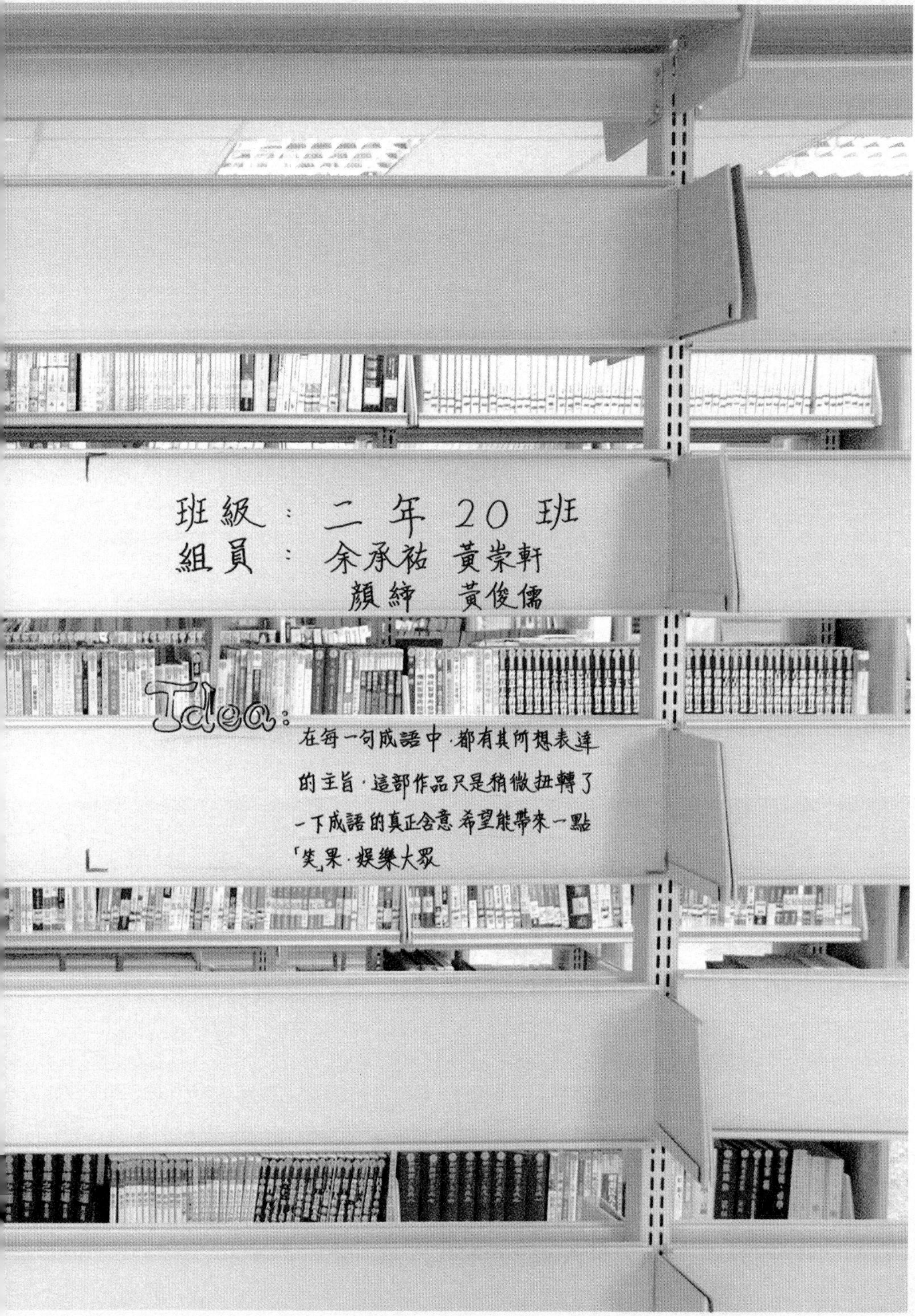

班級：二 年 20 班
組員：余承祐　黃崇軒
　　　顏締　黃俊儒

Idea：

在每一句成語中，都有其所想表達
的主旨，這部作品只是稍微扭轉了
一下成語的真正含意，希望能帶來一點
「笑」果，娛樂大眾

漫畫組

世界名人堂

邱炫棠
何威志
郭仲鎧
吳華欽

這個作品原始構想由邱炫棠提出，同組的
位同學各自蒐集負責的名人資料，並且繪
這位名人的畫像。各自畫好畫像之後，再
這些畫像初稿並列討論，進行線條的加強
由於這個作品本身的畫面構成已經相當
雜，因此後製時我們儘可能線條從簡，如
發現有些同學部份畫作線條太過雜亂，我
會請這位同學將多餘的線條去除，最後再
色、描邊。因此雖然每幅畫是由不同的同
各自完成，但作品仍具有一致性。

為了顧及這些名人、偉人的普及性，我們
篩選上皆以課本有照片的名人為準。作畫
技法則是先畫一個名人正面的臉部，以此
主畫面，從中剖半，再畫左右半臉，在同
個頭上有三張臉，這三張臉又各有不同的
情。最初畫出第一張名人的多角度畫面就
得美術老師楊蕙如的肯定，鼓勵我們思考
些名人畫像背後的特殊意義，於是大家由
個單純的畫面，經由一連串的討論，逐漸
單一畫面延伸，最後變成了一個有主題、
結尾的完整作品。

前面構想的時間比較長，大約花了兩個多
拜的反覆討論，才決定了主題與分工，決
好主題之後，繪圖的過程就比較簡單，利
功課做累了的閒暇時間，花了一個禮拜就
成了。看著這個作品由零到有，尤其是最
把這些臉組合在一起，成功地成為一個作
之後，這是最有成就感的一刻。

世界名人展

2005

編著者
邱炫棠·何威志·吳革欽·郭仟鎧

特價 99

世界名人展·2005 新月出版社

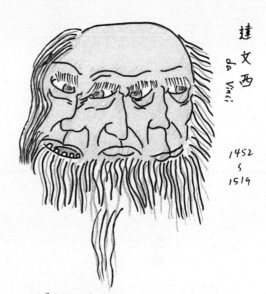

達文西
da Vinci

1452
~
1519

文藝復興時期最偉大的藝術家兼科學家

拉斐爾
Raphael

1483
~
1520

文藝復興時期的偉大畫家

大衛像
David

1501
~
1504

米開朗基羅偉大的雕刻作品

蒙娜麗廣麗莎
Mona Lisa

1502
~
1505

擁有最神秘的微笑的女人

貝多芬
Beethoven · Ludwig van

1770
〜
1827

樂聖

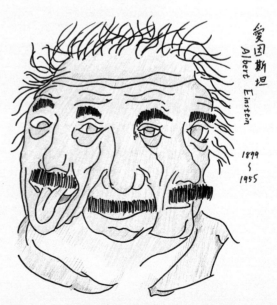

愛因斯坦
Albert Einstein

1899
〜
1955

20世紀最偉大的科學家

泰瑞沙修女
Mother Teresa

1910
～
1997

NOBELS FREDSPRIS
1949

大家心目中共同的母親

印順導師
（張鹿芹）

1906
～
2005

慈濟散佈愛心的源頭

班級：二年16班

組員：邱炫棠

　　　何威志

　　　吳華欽

　　　郭仲鎧

作品

意義：原來每個偉人都有他不為

　　　人知的另一面

　　　達文西是個 Gay？

　　　蒙娜麗莎＝達文西的自畫像？

　　　大衛像的肌肉是米開朗

　　　基羅因醜陋的自卑？

　　　⋮

　　　更多更多我們從未見過的

　　　一面，就藏在他們廣為人知

　　　一面的背後。

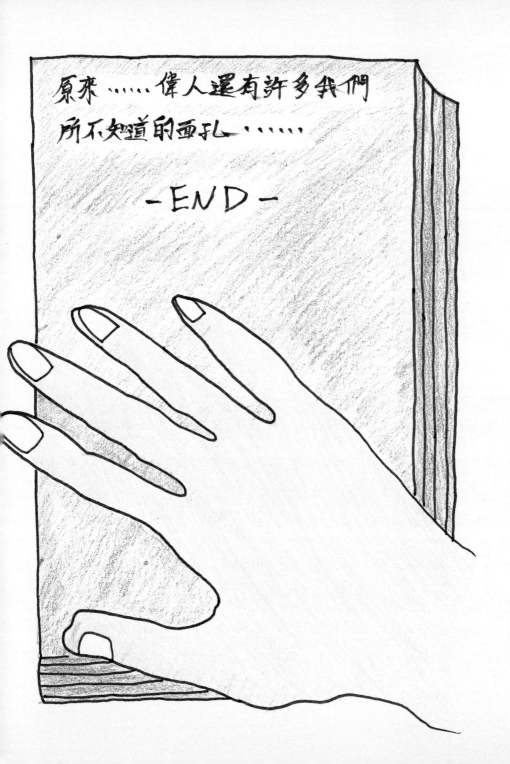

漫畫組

樂此不比

陳彥宏

這是我在日常生活中獲得的啟示。很多人
日常生活中，會因一些小事情上的互相
較，而造成彼此的不愉快。我希望可以藉
這個作品，讓大家思考一下，每個人都有
同的能力，多發揮自己的能力，多欣賞他
的優點，這比互相比較要來得有意義。原
我想畫一些更嚴肅的議題，如現在常見的
鬱症、自殺、離婚等問題，但是這樣一來
乎太過於嚴肅，且又距離日常生活太遠，
以引起共鳴，因此選擇了這個在學校生活
較常發生的主題，進而構思後續的情節。

由於國中就讀美術班，原本就有繪畫基礎
所以在技法上並沒有困難之處。我花了一
禮拜的時間構思，只要有空就在腦中思考
種各樣的比較，然後篩選出合情合理又可
用畫面呈現的情節。作畫的過程還算順利
困難之處在於構思一個強而有力的結尾，
竟前半部份不斷比較的情節，每天生活中
在上演，可是要從這些事件與情節中推演
一個精彩又具啟發性的結論，這實在相當
容易。

雖然這個作品的主題比較嚴肅，可是我認
一個好的作品應該要能發人深省，也希望
者看了以後能夠有所收穫。

樂此不比

就像有個人，腦袋很聰明，表達方式也很好，自然能口若懸河，而大家也覺得他很聰明。

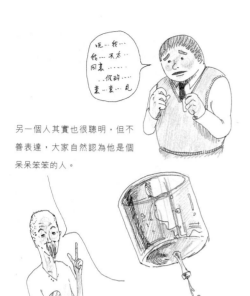

另一個人其實也很聰明，但不善表達，大家自然認為他是個呆呆笨笨的人。

事實上兩個人是可以互相抗衡的，但由於外在的因素使大家對他們的看法不同，所以是無法比較出誰是比較〝聰明〞的。

還有當你看到選手在跑道上奔跑，而大家正在為他飛快的速度喝采著…

這時另一個選手迅速的超越他，大家會把目標轉移到這個更快的選手上面，也不再覺得之前那一名選手跑得快了。

而每個人從不同的角度看一件事，會得到不同的結論。

所以每個人的觀點各都不同，是無法比較出什麼的。

那你自然就不用去迎合大家的眼光，因為不論你怎麼做，
都沒辦法得到所有人的認同，不會認為你樣樣都行。

愛比較的人，什麼
都可以比，然而這
樣一直比下去，會
有比完得一天嗎？

那倒不如打開嚴肅的心房，不用去在乎那些流言蜚語，不用去管別人家的比較，讓自己自由自在。

不管別人的比較，一路上不僅走的快而且擁有快樂的心情，而那些只會比較的人只能停留在位置上爭吵，始終不能向前。

13 | 14

15 | 16

漫畫組

人生旅程

賴偉勛

人生每個階段各有不同要面對的問題與
惑。這個作品的靈感來自於一個廣告，廣
描述一個小女孩拿了一根粉筆，一邊作畫
邊夢想自己未來可以當發明家。這個廣告
我想起我自己小時候也對未來充滿了夢想
進而想到每個人在人生的每個階段都有著
同的夢想，將這些夢想集合起來，應該會
一個很有意思的構想。

為了完成這個作品，我訪問了不同年齡
人，以了解他們的夢想。在低年齡層的
份，我訪問了兩個表妹，兩個表妹的夢想
很單純，她們都希望未來可以當老師；較
年齡層的夢想，我訪問了媽媽，她的夢想
實際得多，主要煩心家庭瑣事與經濟問題
同年齡層的訪問對象則是幾個同學，在這
年齡層關注的問題大多在於同儕之間的友
問題。我原本以為在我們這個年齡層，大
應該大多渴望愛情，但是訪問之後卻發現
大部分的同學普遍認為友情比愛情重要，
至我請媽媽回憶她在我這個年齡最重要的
情，連她也認為友情是這個時期最重要的
神依靠。

這個作品原本想要以文字或劇情取勝，但
在採訪的過程發現大家的夢想都很平實，
法化為具有衝擊性的劇情，所以改採誇張
畫面技法方式呈現。完成了這個作品之後
我對繪畫的技法產生了更濃厚的興趣，現
看到一些平面作品的時候會開始忍不住思
設計者使用色彩的邏輯在哪裡，連看到天
的雲彩、街邊的建築，如有不錯的線條，
會特別有感應，想要練習臨摹。

如果要問我在這個人生旅程的夢想，我希
未來可以當一個優秀的平面設計者、畫家
攝影師，我也將朝著這個夢想慢慢邁進。

73

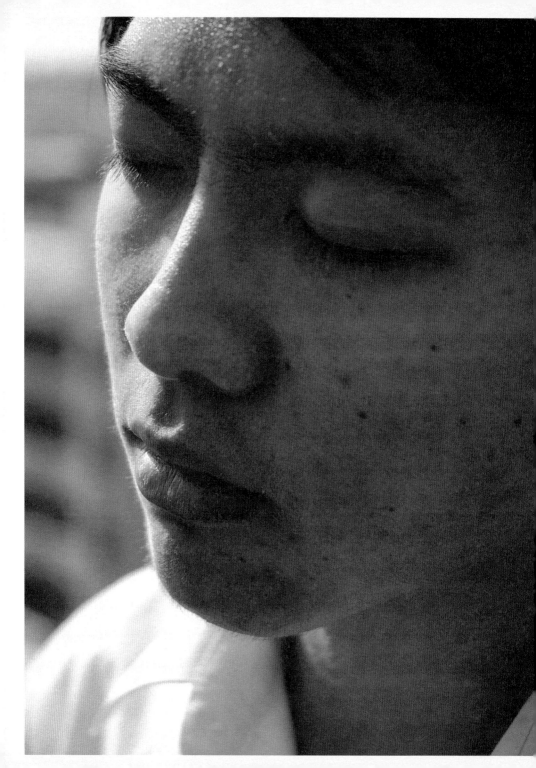

0
坊. 一顆裝著紅色顏料的蛋裂了3個縫!!

2

0-5
＊滿滿的愛, 滿滿的希望...!!

3

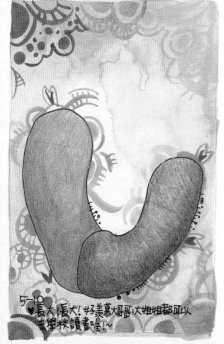

5-10
♥長大!長大! 好羨慕大哥哥大姐姐都可以
去學校讀書了!~

4

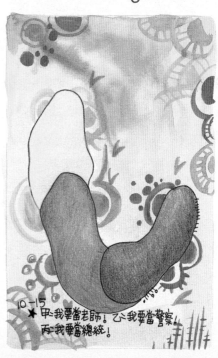

10-15
★甲:我要當老師! 乙:我要當警察!!
丙:我要當總統!

5

15~20
❀ 叛逆因子作崇！聯考壓力又大「但朋友」
總在旁支持我，幫助我!!～

6

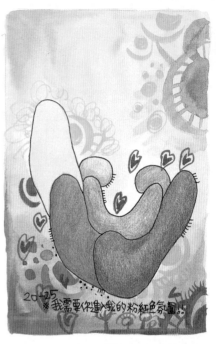

20~25
※ 我需要你進入我的粉紅色氛圍!!～

7

25~30
❀ 決定了！我要和他組成我們的家!～

8

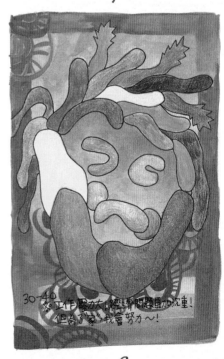

30~40
※ 工作壓力大，經濟負擔更加沉重！
但為了家，我會努力～！

9

40-50
♀ 裁員危機/學體數字,滿腦全是"負擔"!

10

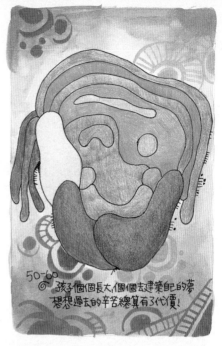

50-60
☺ 孩子個個長大,個個去建築自己的夢
想想過去的辛苦總算有了代價!

11

60-70
♀ 雖然另一伴去了另一個世界!但孩子孫子
都很愛我,我仍感到幸福!~

12

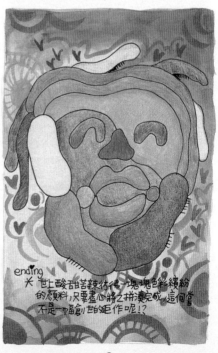

ending
♀ 世上酸甜苦辣彷彿是一塊塊色彩繽紛
的顏料,只要盡心將之拼湊完成,這何嘗
不是一幅創世的鉅作呢!?

13

班級 213
賴偉勛
內容：
    訴說人生這一段旅程！
  年齡層的差異，所追求的夢想
  也有所不同；目的在於洞析
  各年齡層的夢想及煩惱！！～

漫畫組

人性的冷漠

葉承穆

都市的冷漠與鄉村溫馨真的有相當大的差距，
這是我到城市念書之後的體會。小時候我住
三合院，如果家中多做了一些吃的東西，必
會熱心地與左鄰右舍一同分享，同樣的，我
也常常有機會吃到鄰居熱情招待的東西。自
到城市裡讀書之後，發現人與人之間的關係
再像鄉村生活這麼緊密，報名這次比賽的
候，我想到這種人與人之間關係的疏離，因
決定要選擇呈現這樣的主題。

決定要以這個主題參賽之後，那段期間整
心思都被創作熱情牽動，由構思到完成的
個禮拜期間，每天不管做任何事情都在思
這個作品的情節與畫面。原本我想要藉由
些特殊的視角使畫面呈現強烈的視覺感受
但技法不夠純熟，因此許多畫面不盡合理
也不美觀，相當可惜。在這個作品中我最
意的是有力的結尾，很高興自己能夠想出
樣的結局。

從國中起我就夢想日後可以當個漫畫家
喜歡的漫畫家是《火影忍者》的作者岸z
史與《阿基拉》的作者大友克洋。國中時
常臨摹一些漫畫家的作品，後來看到書
說，一個好的漫畫家必須要有自己的風村
於是從國二下學期起，決定不再學別的漫
家，開始試著自己創作，希望能藉此找出
己的風格。上了高中之後開始學習基礎
術，因為發現即使不去模仿別人的畫風
基礎的美術還是非常重要，打好根基才
的技巧，才能將想像中的畫面落實。

人性の冷漠

班級：109
座号：11
姓名：葉承穩

81

1

2

垃坂······

3

4

5

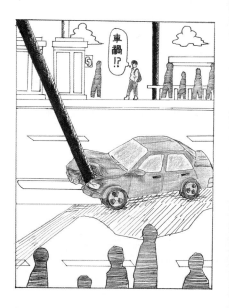

6

7

8

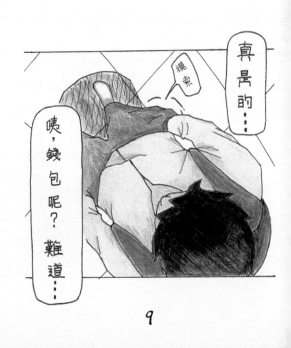

9

10

11

12

13

漫畫組

自殺

張芳生

這個作品以自殺後的死後世界為題材，主角原本以為自殺之後會很快樂，但他慢慢地發現死亡是怎麼回事之後，才了解生命的可貴。現在常聽到新聞報導自殺事件，平常有時也會聽到周遭的朋友談論這個議題，因此這次報名的時候我就打算以此為題，決定要畫這個主題之後，剛好回家看到一部電影《碰碰猴》，這部電影描述了一個介於生與死之間的煉獄一地下城，因此我將我對自殺、死亡的探索，搭配地下城的意象，組合成了這個作品。

國小的時候曾經有一次心情不好，躲在衣櫃裡頭大半天，在衣櫃純粹的黑暗裡面，我跟自己做了許多的對話，我將這些思索也放入了這次的作品之中。從暑假一開始就開始畫，不斷的試做、修改，直到十月份截止前的最後一天才定稿。原本的故事是自殺的主角的內心世界與他的同學、家人等外在世界，雙線進行的故事，不過因為雙線進行的故事不管故事節奏或者畫面呈現複雜度都過高，所以最後刪除一半的劇情，僅留下自殺主角這條主線。

我從國小五年級就開始練習畫漫畫，以前常隨筆畫一些草稿與分鏡，可是像這樣完整地畫出一個作品還是第一次。同學看了這個作品都覺得畫面很怪異，不過我喜歡畫一些怪異的場景與怪獸，透過這些怪異的畫面來紓解心中的壓力。我不喜歡單純的劇情，越複雜的作品我越喜歡，我喜歡的創作者也都具有這樣的特質，比如《波特萊爾大遇險》系列的作者雷蒙尼・史尼奇、《鋼之鍊金術士》的作者荒川宏，最喜歡的導演是提姆波頓。最大的夢想是希望以後可以當個導演，如果可以把我腦海中想到的這些奇特的畫面拍出來，一定非常有趣！

我…自殺了，
生命的時針也隨之停止。

而現在…
這個空間…
在哪裡呢？
為什麼我會在這裡？

我不明白，
為什麼我的雙腳自己動了起來？
它要去哪裡？為了什麼？
不過…這裡就像一個迷宮。
凌亂的路標，
眾多的道路，
我…
迷路了。
但我的腳走著，
不停的走著。

我真的死了嗎？
這樣的念頭浮現在腦中。
腳踏在地上的感覺，
皮膚感覺到的溫度，
眼睛的視覺，
各種感覺都和活著的時候相同。
都是那麼的清晰明白。
還是…
死亡和活著沒有什麼不同，
只是空間不同罷了。

在這裡，
有許多和我差不多的人，
似乎都迷失在這裡。
但是…
他們的臉上有各種表情，
哭泣的、微笑的、痛苦的、絕望的…
而我呢？
在我臉上的是什麼表情？
應該是，
笑著吧！

原來真的有輪迴，
我看見許多人，
在不同的房間裡，
慢慢的，
變回了胚胎，
是否所有人都會這樣？
如果是的話，
那我…
什麼時候才能獲得新生呢？

我現在了解了，
原來死後的世界和活著時差不多。
只不過…
現在的我，
不會飢餓，
不會疲倦。
只是一直走著，也不知道要去哪裡。
其實…
我活著的時候也一樣，
面對著模糊的未來，
沒有目標的我，
只是活著罷了。

我看見了我的臉，
我的臉充滿悲傷。
為什麼？
我認為死了就能解脫，
所以我選擇了死亡，
但…
我還是陷在悲傷的泥淖中，
為什麼？

我回想自殺的原因
因為他人的辱罵、
嘲笑、指責、壓力、排擠，
還有模糊的未來。
我就失去了活著的勇氣與意願。
我希望能解脫，
可是…
我還是一樣悲傷，
為什麼？

終於，
我也走到了自己的房間，
在那裡，
我看著以前的種種，
但…
我想趕快輪迴，
想趕快解脫，
渴望著新生。

我錯了，
等待著我的是真正的死亡。
它們突然出現，
包裹住我，
也嘲笑我，
浪費了寶貴的生命。
的確…
我選擇自殺，
結束了自己的生命。
我真傻。
不過這樣，
我也解脫了吧！

冰冷、黑暗、恐懼、絕望…填滿了我的身體。

可是…

我的雙眼卻湧出了溫熱的淚水。

我不想死。

到現在，

我才真正了解生命。

為什麼？

為什麼現在才了解？

為什麼要選擇自殺？

為什麼要在意別人？

為什麼不撐下去？

為什麼？

溫熱的淚水不停湧出。

我不要。

我不要死。

我要繼續活著。

我才不要管其他人。

就算和以前一樣，

我也要活下去。

我才不要就這樣死去！

我…
活下來了
原來生命的指針只是停止了
它還沒有走到盡頭。

還好…
我沒有放棄生命。
今後，
我會記住那時的想法，
無論前方的未來是什麼，
我都要活著，
好好的活著。

catch 110

鼓勵：我在彰中的日子

作者 - 施振榮 等 合著

責任編輯 - 韓秀玫 繆沛倫

平面設計 - 李日冉+周軒羽 @ 好山好水好人

平面攝影 - 李日冉 @ 好山好水好人

法律顧問 - 全理律師事務所董安丹律師

出版者 - 大塊文化出版股份有限公司

地址 - 台北市105南京東路四段25號11樓

電話 - 02 87123898

傳真 - 02 87123897

讀者服務專線 - 0800006689

劃撥帳號 - 187955675

戶名 - 大塊文化出版股份有限公司

電郵 - locus@locuspublishing.com

網站 - www.locuspublishing.com

行政院新聞局局版北市業字第706號

版權所有　翻印必究

總經銷 - 大和書報圖書股份有限公司

地址 - 台北縣五股工業區五工五路2號

電話 - 02 89902588 代表號

傳真 - 02 22901658

初版一刷 - 2006年6月

定價 - 新台幣250元

ISBN 986-7059-19-0

Print in Taiwan

國家圖書館出版品預行編目資料

鼓勵：我在彰中的日子／施振榮等著．

- 初版 - 臺北市：大塊文化，2006[民95]

面：15.2×20.4公分． - （Catch：110）

ISBN　986-7059-19-0

855　　　　　　　　　　95008983

大塊文化出版股份有限公司　收

地址：□□□ ＿＿＿＿＿＿市／縣＿＿＿＿＿鄉／鎮／市／區
　　　　＿＿＿＿＿＿路／街＿＿＿段＿＿＿巷＿＿＿弄＿＿＿號＿＿＿樓
姓名：

編號：CA110　書名：我在彰中的日子

 **讀者回函卡**

謝謝您購買這本書，為了加強對您的服務，請您詳細填寫本卡各欄，寄回大塊出版 (免附回郵) 即可不定期收到本公司最新的出版資訊。

姓名：＿＿＿＿＿＿＿　身分證字號：＿＿＿＿＿＿＿　性別：□男　□女

出生日期：＿＿＿年＿＿＿月＿＿＿日　聯絡電話：＿＿＿＿＿＿＿＿＿

住址：＿＿＿＿＿＿＿＿＿＿＿＿＿＿＿＿＿＿＿＿＿＿＿＿＿＿＿＿

E-mail：＿＿＿＿＿＿＿＿＿＿＿＿＿＿＿＿＿＿＿＿＿＿＿＿＿＿

學歷：1.□高中及高中以下　2.□專科與大學　3.□研究所以上

職業：1.□學生　2.□資訊業　3.□工　4.□商　5.□服務業　6.□軍警公教
　　　7.□自由業及專業　8.□其他

您所購買的書名：＿＿＿＿＿＿＿＿＿＿＿＿＿＿＿＿＿＿＿＿＿＿＿

從何處得知本書：1.□書店 2.□網路 3.□大塊電子報 4.□報紙廣告 5.□雜誌
　　　　　　　　6.□新聞報導 7.□他人推薦 8.□廣播節目 9.□其他

您以何種方式購書：1.逛書店購書 □連鎖書店 □一般書店 2.□網路購書
　　　　　　　　　3.□郵局劃撥 4.□其他

您購買過我們那些書系：

1.□touch系列　2.□mark系列　3.□smile系列　4.□catch系列　5.□幾米系列

6.□from系列　7.□to系列　8.□home系列　9.□KODIKO系列　10.□ACG系列

11.□TONE系列　12.□R系列　13.□GI系列　14.□together系列　15.□其他

您對本書的評價:(請填代號 1.非常滿意　2.滿意　3.普通　4.不滿意　5.非常不滿意)

書名＿＿＿＿　內容＿＿＿＿　封面設計＿＿＿＿　版面編排＿＿＿＿　紙張質感＿＿＿＿

讀完本書後您覺得：

1.□非常喜歡 2.□喜歡　3.□普通　4.□不喜歡　5.□非常不喜歡

對我們的建議：＿＿＿＿＿＿＿＿＿＿＿＿＿＿＿＿＿＿＿＿＿＿＿＿

＿＿＿＿＿＿＿＿＿＿＿＿＿＿＿＿＿＿＿＿＿＿＿＿＿＿＿＿＿＿＿

＿＿＿＿＿＿＿＿＿＿＿＿＿＿＿＿＿＿＿＿＿＿＿＿＿＿＿＿＿＿＿